BIBLIOTHÈQUE DE LA JEUNESSE CHRÉTIENNE

SÉRIE PETIT IN-12

LOUIS ET PAUL

OU

LE PORTRAIT D'UNE MÈRE

PAR

M. L'ABBÉ VEYRENC

TOURS

Aᵈ MAME ET Cⁱᵉ, IMPRIMEURS-LIBRAIRES

BIBLIOTHÈQUE DE LA JEUNESSE CHRÉTIENNE

SÉRIE PETIT IN-12

BIBLIOTHÈQUE

DE LA

JEUNESSE CHRÉTIENNE

APPROUVÉE

PAR Mᵍʳ L'ARCHEVÊQUE DE TOURS

—

SÉRIE PETIT IN-12

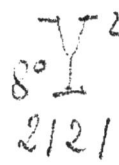

« Paul! Paul!... ô mon Dieu, rendez-moi
mon frère Paul ! » (P. 32.)

LOUIS ET PAUL

OU

LE PORTRAIT D'UNE MÈRE

PAR

M. L'ABBÉ VEYRENC

TOURS

ALFRED MAME ET FILS, ÉDITEURS

—

1878

LOUIS ET PAUL

CHAPITRE I

L'INCENDIE

Les flammes dévoraient une maison
d'assez jolie apparence, bâtie au pied
d'un coteau, à quelque distance du village de Valrose. Elle appartenait à deux
frères, Louis et Paul Fizi, qui l'habitaient
seuls depuis qu'ils avaient perdu presque
coup sur coup leur père et leur mère. Ils

étaient alors absents de chez eux, et ne
se doutaient pas du malheur dont ils
étaient menacés. Tandis qu'on les cherchait de tous côtés pour les en informer,
l'incendie, que rien n'arrêtait, étendait
de plus en plus ses ravages. Des tourbillons d'une fumée noire, mêlée d'étin-
celles, sortaient par toutes les ouvertures
et s'élevaient dans les airs en épaisses co-
lonnes. On entendait à l'intérieur le pé-
tillement des flammes et le craquement
des planchers et des meubles que le feu
consumait. Nul n'osait se hasarder à pénétrer dans la maison. Les villageois,
réunis par groupes dans les champs voisins, se tenaient à une distance respec-
tueuse, se contentant de jeter sur le lieu
du sinistre des regards tristes et con-
sternés. Ce n'était pas insouciance de leur
part ou défaut de courage ; mais comme
l'incendie n'avait été aperçu que fort tard

et lorsqu'il avait déjà fait de grands progrès, le mal paraissait alors sans remède, et l'on ne voulait pas s'exposer inutilement à un danger manifeste.

Cependant un des spectateurs, ayant remarqué qu'il sortait peu de fumée par les joints d'une fenêtre plus petite que les autres, au premier étage, saisit une des échelles qu'on avait apportées là, et, l'appliquant contre le mur, il se disposait à y monter, quand Louis et Paul, qu'on avait enfin retrouvés, arrivèrent en courant, et voulurent aller eux-mêmes disputer aux flammes quelque reste de leur mobilier.

Louis monta le premier. Lorsqu'il eut ouvert la croisée, qui céda facilement à ses coups, le courant d'air qui se forma de l'extérieur entraîna la fumée dans le même sens, et lui permit de pénétrer, suivi de son frère, dans le cabinet de toi-

lette que cette fenêtre éclairait. Mais ils
ne purent pas y rester longtemps. Le feu
avait déjà gagné les poutrelles qui sup-
portaient le plancher sur lequel ils s'a-
vançaient, et qu'ils sentaient fléchir sous
leurs pas. Bientôt on les vit reparaître
haletants, couverts de sueur; ils se hâtè-
rent de descendre par l'échelle, et à peine
furent-ils à terre que les murs de l'appartement d'où ils sortaient s'écroulèrent
avec fracas.

Paul avait pu cependant retrouver la
montre d'or de son père; elle était à son-
nerie, marquait les secondes, elle était
très-bien réglée; c'était un objet de prix.
Louis avait arraché du milieu des flammes un tableau à cadre doré, qui n'avait
rien de remarquable, mais qu'il estimait
au-dessus de tous les chefs-d'œuvre des
plus grands maîtres : c'était le portrait
de sa mère. La peinture était plus que mé-

diocre ; le cadre seul, orné de ciselures
élégantes, avait quelque mérite au point
de vue de l'art. « Quelle idée bizarre !
disait Paul en le voyant sous le bras de
son frère. Au lieu de perdre un temps
précieux à décrocher cette croûte, tu
aurais bien mieux fait d'ouvrir le tiroir
de la commode où sont quelques couverts
d'argent. Nous les aurions vendus avec
la montre pour avoir de quoi vivre cet
hiver; et que ferons-nous de ce vieux
tableau ? » Louis lui répondit d'un air
triste : « Ne parle pas avec mépris du
portrait de notre mère; j'espère qu'il
nous portera bonheur. C'est déjà une consolation pour moi d'avoir pu le retirer
du milieu des flammes; je ne veux plus
m'en séparer. Dans l'affreux malheur qui
vient de nous frapper, le doux regard de
ma mère que je retrouve dans son image
semble me dire encore ce qu'elle nous

répétait si souvent : « Chers enfants,
ayez confiance en Dieu ; il ne vous aban-
donnera jamais, si vous avez recours à
lui. »

Paul n'avait pas les sentiments élevés
de son frère. C'était une nature bonne et
honnête dans le fond, mais dépourvue de
cette sensibilité exquise qui est la source
des émotions pures et tendres. Placé de
bonne heure auprès d'un oncle négociant,
qui avait négligé son éducation reli-
gieuse, il avait longtemps vécu dans
une atmosphère d'idées vulgaires et com-
munes, et il n'estimait les hommes et les
choses que par les services qu'il pouvait
en attendre ou par le profit qu'il comptait
en retirer. Louis avait été plus heureux.
Il était toujours resté près de sa mère,
femme d'un rare mérite et d'une grande
piété, et il avait été élevé dans les maxi-
mes et dans les pratiques de la vie chré-

tienne, qui avaient épuré son âme en
l'éclairant, et l'avaient rendue accessible
aux impressions les plus nobles et les plus
délicates. Paul fut donc peu touché de la
réponse de son frère. Tout entier à la
pensée des pertes irréparables que lui
causait l'incendie, il ne pouvait détour-
ner les yeux de ces murailles qui s'é-
croulaient, de ces tourbillons de flammes
qui détruisaient sa fortune. Louis, de son
côté, quoique plus résigné et plus calme,
sentait peut-être une douleur plus vive
en voyant la maison paternelle réduite
en cendres, ses souvenirs d'enfance
anéantis, son avenir compromis et plein
d'embarras, toutes ses espérances trom-
pées, tous ses rêves de bonheur évanouis.
De grosses larmes tombaient de ses yeux;
il laissait échapper quelques soupirs, et
détournait ses regards du triste specta-
cle qui était devant lui.

Le malheur de ces jeunes frères, également intéressants malgré la diversité de leur caractère, avait ému profondément tous ces bons villageois qui les aimaient et qui se désolaient de ne pouvoir leur être d'aucun secours. « Pauvres jeunes gens! disait un de leurs plus proches voisins, les voilà entièrement ruinés! Pourquoi faut-il que toute leur fortune se soit trouvée dans cette maison! » Il expliqua ensuite au groupe formé autour de lui comment Mme Fizi, peu de temps avant sa mort, avait vendu trois grandes et belles terres qu'elle avait au nord du village. Inconsolable de la mort de son époux, elle voulait quitter un pays où tout lui rappelait cette perte, et aller finir ses jours dans la capitale. Son intention était donc de se créer des rentes en plaçant ses capitaux sur l'État. Malheureusement la mort l'avait surprise au milieu de ses projets, avant même que l'acquéreur de son bien lui eût compté les quarante mille francs stipulés dans l'acte de vente. Cette somme n'avait été payée que depuis quelques jours à ses enfants, et le paiement avait été fait en billets de banque, fragile monnaie qu'une étincelle venait de détruire en un moment.

Ce récit n'était que trop vrai. Louis et Paul y ajoutèrent qu'ils avaient résolu, avant ce malheur, de donner suite au projet de leur mère, qu'ils étaient sur le point de vendre la maison et le jardin qui l'entourait, pour aller ensuite tous les deux s'établir à Paris et y exercer leur état ; car leur excellente mère, sachant bien qu'elle ne pouvait pas leur laisser un riche héritage, leur avait fait apprendre un métier : Louis était orfèvre, et Paul horloger. « Mais, dit Paul en gé-

missant, voilà nos plans bien dérangés!
il ne sera plus question de vendre la
maison, qui n'est plus qu'un monceau de
cendres et de ruines. Le jardin n'est rien
sans la maison. Quant aux quarante mille
francs à placer sur l'État, qui pourrait les
retrouver au milieu de ces charbons et
de ces décombres?... » Il était inutile de
prolonger ces tristes réflexions. Les villageois retournèrent chez eux. Les deux
jeunes gens furent recueillis par un des
notables du lieu, le vieux Mathurin, ex-
cellent homme qui avait été leur père
nourricier: Sa femme leur fit un très-bon
accueil. Elle embrassa les deux frères,
qu'elle avait toujours appelés ses deux
jolis enfants, et dont elle aimait tant le
bon caractère et la physionomie ouverte.
Elle se réjouissait presque de l'accident
qui les ramenait chez elle. Louis plaça
sur la cheminée le portrait de Mme Fizi,

et, pendant son séjour dans la maison de
son père nourricier, il ne passait jamais
devant cette chère image sans y arrêter
quelques instants ses regards. Mais ce
séjour ne fut pas long. Les deux frères
comprenaient que, pour ne pas être à
charge à une famille dont l'honnête ai-
sance n'allait pas jusqu'à la richesse, ils
devaient hâter leurs préparatifs de départ.
Ils vendirent donc leur jardin, les décombres de leur maison incendiée, les
ferrures et autres menus objets qu'ils en
avaient retirés, et, après avoir payé quelques dettes occasionnées par la dernière
maladie de leur mère, ils partirent pour
la ville. « Hélas! disaient ceux qui les
voyaient s'éloigner avec leur bagage sur
le dos, hélas! les pauvres jeunes gens,
que vont-ils devenir? »

CHAPITRE II

La ville vers laquelle les deux frères Fizi se dirigeaient n'est qu'à vingt-quatre kilomètres de Valrose. Mais, quoique cette distance ne soit pas considérable, il y a peu de relations entre les deux pays, soit parce que les habitants de Valrose trouvent tout ce dont ils ont besoin au chef-lieu du canton dont ils ne sont pas éloignés et qui est le centre

de leurs affaires, soit parce que les chemins qui conduisent à la ville sont très-
difficiles et très-dangereux à cause des
bois et des précipices qu'il faut traverser.
Au sortir du village, le terrain s'élève par
une pente roide, se dépouille peu à peu
de verdure, se couvre de roches et de
pierres volcaniques d'une couleur grisâtre,
et n'offre à l'œil qu'un aspect sauvage et
désolé. On arrive bientôt sur le flanc mé-
ridional d'une haute montagne, qui court
de l'est à l'ouest, et forme comme une
barrière infranchissable. Au pied de cette
montagne, en face d'une espèce d'hôtellerie fréquentée par de rares voyageurs,
la route fait un coude, se détourne brus-
quement en se dirigeant vers l'est pour
n'avoir pas à franchir des sommets trop
escarpés, et va par un long circuit dou-
bler la montagne par une large échancrure, d'où elle pénètre dans une vaste

forêt qui couvre tout le versant septen-
trional ; elle descend ensuite jusque dans
la plaine à l'extrémité de laquelle la ville
est située.

Cette forêt avait été fameuse dans le
vieux temps par des histoires d'appari-
tions fantastiques, et plus encore par les
brigandages que des bandes de voleurs et
d'assassins y commettaient avec une au-
dace extrême, comptant sur l'ombre et
l'épaisseur des bois et sur les profondes
cavernes dont ils avaient fait leurs re-
paires. Mais une battue générale ordon-
née par Louis XV, et courageusement
exécutée par un corps de la gendarmerie
royale, avait entièrement purgé le pays
de ces brigands, dont la plupart furent
pris et roués en place de Grève ; la tête
du chef de la bande fut rapportée sur
les lieux et clouée au tronc d'un chêne
au bord du chemin, pour avertir les

voyageurs que la justice avait pourvu à leur sûreté. Les spectres et les fantômes avaient aussi disparu, depuis qu'une vertueuse fille avait fait élever à ses frais, sur la lisière de la forêt, une petite chapelle à la sainte Vierge, en reconnaissance de la protection qu'elle en avait obtenue pendant un voyage. Cet oratoire est encore appelé aujourd'hui Notre-Dame-de-Bonne-Voie.

C'est à l'entrée de cette forêt que Louis et Paul se trouvaient deux heures environ après leur départ du village. Ils venaient de franchir ce *col*, cette échancrure qui met en communication les deux versants de la montagne. Quand ils passèrent près du chêne sur lequel avait été clouée plusieurs années auparavant la tête du chef des assassins, ils ne purent se défendre d'un certain sentiment de terreur. La partie inférieure de cette tête n'existait

plus; mais on voyait encore les osse-
ments du crâne et de la face que le vent
agitait, avec un petit bruit clair, autour
du clou qui les tenait suspendus au tronc
de l'arbre.

Les deux frères s'entretenaient alors de
leur triste position et se demandaient,
pour la vingtième fois peut-être, à quelle
cause il fallait attribuer l'incendie qui les
avait ainsi réduits à la misère. Louis était
porté à croire que Paul, en allant le soir
détacher le gros chien de garde, avait
laissé tomber la bourre encore allumée
de sa pipe sur des fagots qui entouraient
le chenil : le feu aurait couvé toute la
nuit et une partie du jour dans les feuilles
humides, et se serait ensuite commu-
niqué au bûcher, qui renfermait une
grande quantité de bois de chauffage
pour l'hiver. Mais Paul se défendait
vivement contre un soupçon qu'il trou-

vait injurieux, et soutenait que l'incendie
était le fait de la malveillance ; et, bien
que Louis lui objectât qu'ils n'avaient ni
ennemis ni envieux dans le village, il
persistait à rejeter le tort sur une main
étrangère. Plutôt que de se reconnaître
coupable d'une telle imprudence, il aurait mieux aimé accueillir un bruit qui
avait couru dans le village, et qui attri-
buait l'origine de l'incendie à une allu-
mette chimique qu'un mendiant aurait
jetée tout enflammée sur le tas de fagots,
à travers les fentes d'une porte délabrée.
Louis trouvait cette explication peu raisonnable.

En devisant ainsi ils arrivèrent à un
lieu où la route se bifurquait et formait
deux nouveaux chemins, dont l'un, plus
étroit, suivait en droite ligne le flanc de
la montagne, et l'autre, assez large, des-
cendait dans le fond de la vallée et passait

tout près de la chapelle bâtie en l'honneur de Notre-Dame-de-Bonne-Voie. Le premier abrégeait un peu le trajet, et permettait d'arriver une demi-heure plus tôt à la ville. Le second était plus agréable, plus facile, et il allait se réunir à l'autre au sortir de la forêt. « Prenons la droite, dit Louis; nous pourrons en passant visiter l'oratoire de Notre-Dame et dire une prière à la patronne des voyageurs. — Bah! répondit Paul, pourquoi choisir le côté le plus long? N'avons-nous pas assez de chemin à faire sans y ajouter de nouveaux détours? Je suis fatigué; voilà plus de deux heures que nous marchons, et nous n'avons pas encore fait le quart de notre route. — Mais, mon ami, comptes-tu pour rien la protection de la sainte Vierge, que nous irons invoquer dans son oratoire? — Je ne refuse pas d'invoquer la sainte Vierge; mais tu sais

1*

bien qu'elle est au ciel, d'où elle voit tout ce qui se fait sur la terre. Nous n'avons pas besoin de nous déranger pour lui faire accepter nos prières; elles sont aussi bonnes en plein air et sur le chemin que dans une église. — Tu raisonnes mal, mon bon ami. Ne sais-tu pas que Dieu et les saints se plaisent à être honorés dans certains lieux particuliers, où les hommes se réunissent pour s'instruire, pour s'édifier mutuellement, pour donner à leurs sentiments religieux une expression plus vive par un culte public et solennel? Viens avec moi, je t'expliquerai ces choses chemin faisant. — Garde pour toi tes beaux sermons, répliqua Paul d'un ton de mauvaise humeur. Je ne suis pas décidé à m'écarter de la ligne droite. Adieu, au revoir. » Et déjà il marchait à grands pas dans le petit sentier qui s'enfonçait dans le plus épais de la forêt. « Eh bien! lui cria Louis, je vais me hâter, et nous nous rencontrerons, j'espère, à la jonction des deux chemins. »

Louis fut contrarié de la brusque détermination de son frère; mais il avait pris son parti, et il continua résolûment son pieux pèlerinage. Seulement il se trouvait bien isolé dans ce bois épais et noir qu'il avait à parcourir pendant quelque temps. Il portait sous le bras son cher et précieux tableau : c'était maintenant sa seule compagnie; il regarda les traits souriants de sa mère, et se sentit consolé. A mesure qu'il avançait, le bois devenait de plus en plus touffu. Les rayons du soleil ne perçaient que rarement le feuillage des grands chênes, qui, croissant rapprochés les uns des autres, mêlaient et entrelaçaient leurs longs rameaux. Louis, loin d'éprouver un sentiment de frayeur dans cette solitude, goûtait une sorte de

ravissement et d'extase, en contemplant
les sombres et mystérieuses profondeurs
de la forêt, où sa vue se perdait comme
dans un lointain infini. Le sol humide, la
mousse qui le couvrait et qui montait
autour du tronc des arbres, la voûte de
feuillage qui s'étendait sur ces labyrin-
thes de verdure, communiquaient à l'air
une fraîcheur inaltérable. Le jeune voyageur se laissait aller à une délicieuse rêve-
rie, tout en marchant à grands pas pour
arriver plus tôt à la chapelle de la Vierge,
quand tout à coup, sur sa gauche, du côté
de la montagne, il entend une détonation,
comme un coup de pistolet suivi de ces
cris : « Au secours ! au secours ! on m'as-
sassine. » C'était la voix de son frère. Il ne
délibère pas ; il s'élance à travers la forêt,
sans suivre de chemin, et court vers le
point d'où partaient ces cris. Il s'attendait
à trouver son frère nageant dans son sang ;

mais il le voit aux prises avec un homme
de haute taille, qui cherchait à le terrasser et à le percer d'un poignard. Louis
se jette sur le brigand, s'efforce de lui
tenir les bras serrés contre le corps pour
qu'il ne puisse faire usage de son arme,
et le secoue vigoureusement pour le ren-
verser. Mais l'assassin était d'une force
extraordinaire; non-seulement il résiste
aux efforts réunis des deux frères, mais
il parvient à dégager une de ses mains,
et, prenant un sifflet qu'il portait toujours sur lui, il en tire un son aigu qui
va avertir les autres voleurs cachés tout
près de là dans une caverne. Au même
instant, six hommes d'un aspect effrayant
accourent armés de fusils et de bâtons,
délivrent leur chef, et attaquent avec rage
les deux malheureux jeunes gens, qui
tombent sous leurs coups.

CHAPITRE III

UNE NUIT DANS LA CHAPELLE

Le jour commençait à tomber quand Louis revint de son évanouissement. Un coup de crosse de fusil qu'il avait reçu à la tempe l'avait étourdi, et il était resté comme mort sur le chemin. Son premier soin, quand il eut entièrement recouvré l'usage de ses sens, fut de regarder autour de lui pour voir ce qu'était devenu son frère. Hélas! le pauvre Paul était dans un

bien pitoyable état. Il perdait son sang par
une blessure que le poignard du brigand
lui avait faite. Louis le crut mort quand
il le vit étendu par terre sans mouvement. Il se jette sur lui, l'embrasse, le
secoue, l'appelle à haute voix, se penche
sur son visage pour voir s'il respire, place
la main sur sa poitrine pour s'assurer si
son cœur bat. « Paul! Paul! s'écrie-t-il...;
ô mon Dieu, rendez-moi mon frère Paul! »
Enfin Paul ouvrit les yeux et poussa un
faible gémissement. Louis tressaillit et
commença à reprendre espoir. Il voulut
savoir d'où venait le sang dont son frère
était inondé et qui coulait jusqu'à terre.
Quel ne fut pas son effroi quand il vit
l'horrible plaie que la lame du poignard
avait faite à son côté droit, d'où le sang
coulait encore! Mais il ne perdit pas le
temps à se lamenter. Pensant qu'il fallait
avant tout arrêter le sang avec lequel s'é-

chappait la vie, il déchire son mouchoir blanc, en fait à la hâte de la charpie dont il couvre la blessure, et, soit avec sa cravate, soit avec le mouchoir de son frère, il fait des compresses qu'il fixe solidement en fermant et en boutonnant l'habit de Paul. Cela lui réussit. Le sang cessa de couler, la chaleur revint aux extrémités, et le visage se colora. Le blessé put dire quelques mots. « Où suis-je ? demanda-t-il. — Tu es près de ton frère, lui répondit Louis en l'embrassant. Courage ! ce ne sera rien ; le bon Dieu te guérira. »

Paul était sans forces, il referma les yeux et s'assoupit. Comment rendre l'embarras et l'inquiétude de son frère dans cette affreuse situation ? Que faire d'un malade dans cet état, à pareille heure, dans un tel endroit ? Du moins si la proximité des lieux habités permettait d'appeler du secours ! Mais où aller, qui

appeler, pendant la nuit, dans une solitude? Louis, comme par instinct, cherche
le portrait de sa mère. Hélas! le tableau,
dont le riche encadrement a sans doute
tenté la cupidité des voleurs, a disparu
ainsi que la montre et les quelques pièces
d'or que les deux jeunes gens emportaient
pour toute fortune. Louis ne regrette que
l'image de sa mère; mais dans un tel moment il ne s'arrête pas à cette perte. Son
frère étendu à ses pieds, souffrant et peut-
être sur le point d'expirer, absorbe toutes
les pensées de son âme. A peine a-t-il la
force de prier. Sa prière est tout intérieure, car ses lèvres ne pourraient pas
articuler des paroles. « O mon Dieu, dit-il
au fond du cœur, mon Dieu, venez à mon
secours ! Notre-Dame-de-Bonne-Voie, ne
m'abandonnez pas dans mon affliction !
souvenez-vous que j'allais en pèlerinage
à votre sanctuaire. Peut-être ce malheur

ne serait pas arrivé si je n'avais pas quitté
mon frère pour me rendre au pied de
votre autel. Oh! de grâce, guérissez ce
pauvre malade, et ne souffrez pas qu'on
puisse m'accuser d'avoir eu pour vous,
qui êtes mon unique mère, trop de dévo-
tion et d'amour. »

Le Ciel n'exauce pas toujours nos vœux
de la manière que semble lui prescrire
notre impatience aveugle et présomp-
tueuse. Souvent, au lieu d'accorder à un
malade la guérison qu'il demande, Dieu
lui donne la patience qu'il ne demande
pas et qui vaut mieux pour lui. Paul était
toujours plongé dans un profond sommeil.
Cet état léthargique alarma son frère,
qui, le remuant doucement, le réveilla
et lui demanda comment il se trouvait.
« Un peu mieux, répondit-il d'une voix
assez ferme; mais où sommes-nous? Nous
ne sommes donc pas encore sortis de la

forêt ? » Ces paroles furent un baume pour le pauvre Louis; il ne croyait pas tant de force à son cher malade. Une pensée subite lui vint à l'esprit; il crut qu'il pourrait sans péril transporter Paul dans la chapelle de Notre-Dame. Il se rappelait qu'au moment où il avait entendu les cris et le coup de feu, il était sur le point d'arriver à cette chapelle; et, comme il avait mis peu de temps à franchir la distance qui séparait les deux chemins en cet endroit, il concluait que la chapelle ne devait pas être fort éloignée. Ce parti lui offrait plusieurs avantages : la chapelle les abriterait contre le vent froid qui commençait à souffler; le malade pourrait être plus commodément couché; quelque pèlerin viendrait peut-être à l'oratoire et leur donnerait du secours; enfin il y aurait plus de sécurité pour eux sous la garde de Marie, qu'ils prieraient sans doute avec plus de ferveur quand ils seraient près de son autel et devant sa sainte image. Il dit donc à Paul : « Laisse-moi te soulever doucement sur mes bras ; je te porterai jusque dans une maison qui n'est pas loin d'ici, et dans laquelle tu seras mieux couché que sur le gravier de ce chemin. » Et en même temps il passait ses deux mains sous le corps de son frère ; mais celui-ci se mit tout à coup de lui-même sur son séant, sans que ce mouvement, qui aurait pu être dangereux en rouvrant la blessure, fût suivi d'aucun accident fâcheux. « Mon ami, dit-il à Louis, tu ne pourrais jamais me porter à une distance tant soit peu considérable. Soutiens-moi seulement, je marcherai en m'appuyant sur toi. »

Louis consentit en tremblant à l'essai que proposait le malade. Il l'aida à se lever, et le soutint dans ses bras quand

il fut debout. Le cœur lui battait ; il craignait un évanouissement ; mais après une
minute ou deux, comme rien de semblable n'arrivait, il se rassura. Paul appuya son bras gauche sur l'épaule de son
frère, qui l'étreignit légèrement en passant sa main droite autour de ses reins
pour l'aider à marcher, et ils essayèrent
de faire quelques pas sur la mousse en
quittant le sentier battu. La pente de la
montagne rendait la marche plus facile.
Le malade éprouvait peu de fatigue, à
cause de la descente. La lune, qui n'aurait pu les éclairer si elle se fût trouvée
au milieu du ciel, parce que ses rayons
perpendiculaires auraient été arrêtés par
l'épaisseur du feuillage, était alors à l'ho-
rizon et leur envoyait obliquement sa
lumière sous la voûte élevée des arbres
de la forêt. Mais, malgré les sages pré-
cautions de Louis, malgré l'énergique

volonté du malade et les heureuses circonstances qui favorisaient leur marche,
jamais ils n'auraient pu traverser ainsi
les bois pendant la nuit, éviter tant de
mauvais pas, tant d'obstacles naturels
qui se rencontrent dans les lieux sau-
vages, si les soins tout particuliers de la
Providence ne les eussent environnés, et
si une main invisible n'eût guidé leurs
pas et aplani leur chemin. Ce fut sans
doute à la protection de la sainte Vierge
qu'ils durent d'arriver sans accident à la
route que Louis avait suivie d'abord,
et qui les conduisit directement à la chapelle.

Notre-Dame-de-Bonne-Voie n'était pas
alors ce qu'elle est aujourd'hui, une vaste
et belle église, réunissant l'élégance à la
solidité, non-seulement dans ses voûtes
et ses murs ornés de sculptures, mais
jusque dans sa porte de chêne, où les

plus belles scènes de la Bible sont repré-
sentées en relief. C'était un tout modeste
oratoire, tel qu'on en voit encore dans
les campagnes, simplement fermé par une
porte en bois de sapin et à claire-voie,
qu'une barre transversale placée à l'intérieur empêchait de s'ouvrir.

Celui qui voulait entrer dans la chapelle n'avait qu'à passer le bras à travers
les montants de la claire-voie, et à soulever la barre, qui sortait facilement de
la brèche en biseau dans laquelle elle
était engagée. On avait préféré ce moyen
de fermeture à tous les autres, pour la
commodité des bûcherons, des pâtres et
des voyageurs, qui, surpris par la pluie,
voudraient demander un abri au toit de
la chapelle. L'entrée n'en était défendue
que contre les animaux; la pauvreté du
lieu le protégeait assez contre les voleurs.
Les bancs de pierre le long du mur, une

balustrade en bois, un autel bâti avec des briques revêtues de plâtre, des chandeliers de bois peints en jaune, posés sur les gradins, une statue de la Vierge en bois de hêtre verni, debout sur le tabernacle, voilà tout ce que renfermait à cette époque la petite église de Bonne-Voie.

Paul n'en pouvait plus quand ils arrivèrent. Louis se hâta d'enlever la barre et de pousser la porte. Un tas de feuilles sèches que le vent avait amoncelées à la longue dans un coin de la chapelle, pouvait servir de lit. Il les remua, les rassembla, les étendit, puis il y plaça doucement son frère, qui s'enfonça et disparut presque dans sa couche improvisée. Bientôt un sommeil calme gagna le malade. Il reposa paisiblement sous la protection de Marie, et répara un peu ses forces, que la marche avait épuisées.

Quand Louis s'aperçut que Paul dormait

d'un profond sommeil, il alla se pro-
sterner sur le marchepied de l'autel,
devant l'image de Marie, et là, donnant
un libre cours à sa douleur longtemps
contenue, il versa un torrent de larmes.
A ces larmes se mêlaient de ferventes
prières. « Oh ! pitié ! pitié ! répétait-il
souvent, pitié pour deux pauvres orphe-
lins qui n'ont point d'abri sur la terre !
Pitié pour mon frère malade que vous
voyez étendu à vos pieds! il y mourra cer-
tainement, si vous ne venez vous-même
panser sa blessure. O Marie ! guérissez
mon frère; et tous les ans, à pareil jour,
nous reviendrons visiter la chapelle en
action de grâces. Si jamais..., oui, si
jamais je suis à l'abri du besoin... O
Vierge ! soulagez mon infortune. » Le
pieux jeune homme n'avait pas osé ache-
ver. Il voulait dire que si un jour la fortune lui souriait, il ferait un don consi-

dérable à Notre-Dame-de-Bonne-Voie.
Mais se voyant si dénué de toute ressource
et presque de toute espérance, il rougit
d'avoir eu cette pensée, et n'osa pas l'ex-
primer. Mais la Reine du ciel lisait au
fond de son cœur. La mère de Celui qui a
honoré le denier de la veuve ne pouvait pas dédaigner la bonne volonté d'un
orphelin. Elle ne tarda pas à lui faire
sentir son assistance, en lui rendant le
calme et la paix, que les émotions de
cette journée avaient altérés dans son
cœur. Quand il eut fini ses prières, il se
releva consolé et fortifié. Il revint auprès
de son frère, et voyant que la respi-
ration était naturelle, son sommeil pai-
sible, il se coucha tout près de lui sur les
feuilles et s'endormit.

CHAPITRE IV

LES SŒURS HOSPITALIÈRES

Louis fut réveillé le matin par un homme qui lui frappa sur l'épaule, et qui, voyant les deux frères couchés dans la chapelle, leur dit : « Eh ! que faites-vous là, mes enfants ? je vous croyais rendus depuis longtemps à la ville ; vous serait-il arrivé un malheur ? » C'était le bon Mathurin, qui allait porter une charge de fruits au marché. La veille, il avait offert aux deux jeunes gens de les prendre sur sa voiture ; mais ils avaient refusé par discrétion,

pour ne pas surcharger son cheval ; peut-
être aussi avaient-ils craint de rester trop
longtemps en route, s'ils allaient de compagnie avec un voiturier. Ils étaient agiles
et robustes ; ils se sentaient assez forts
pour faire lestement le trajet à pied.

Mathurin n'était parti que quelques
heures après ses jeunes hôtes ; mais, allant
à pas de roulier et ayant passé une partie
de la nuit dans l'hôtellerie de la montagne, il n'était arrivé qu'à la pointe du
jour en face de la chapelle où les deux
Fizi avaient passé la nuit. Il était trop bon
chrétien pour ne pas s'y arrêter un instant,
dans l'intention d'y faire dévotement sa
prière. Ayant donc attaché son cheval par
la bride à un des arbustes qui bordaient
le chemin, il était venu s'agenouiller devant la statue de Notre-Dame. A peine
avait-il achevé son signe de croix que,
regardant autour de lui, il avait vu ces

deux jeunes gens couchés sur le feuillage, et les avait reconnus, aux premières clartés du jour.

Louis fit un signe pour inviter Mathurin à parler bas, et, le prenant par la main, il le conduisit hors de l'oratoire, et lui raconta le nouveau malheur qui était venu fondre sur eux. Le bon Mathurin, en entendant parler de coups de pistolet, de coups de poignard, de sang qui avait coulé, poussait des exclamations pathétiques, et faisait des gestes où se peignaient toutes les émotions de son âme. Il se reprochait grandement à lui-même de n'avoir pas insisté davantage pour forcer les deux frères à faire la route avec lui. « Enfin, dit-il quand il eut témoigné toute la part qu'il prenait à la douleur de son ami, il faut songer à transporter le malade à la ville; nous ne pouvons pas le laisser ici. Voilà ma voiture, je vais y

arranger une place où il ne sera pas trop
mal ; puis nous essaierons de continuer
tout doucement notre voyage. »

Paul, à qui le repos de la nuit avait
donné un peu plus de force, put être porté
sans accident sur la voiture de Mathurin,
où on lui fit une espèce de couche avec de
la paille recouverte d'une toile grossière.
Il s'y trouva bien. La voiture partit ; Mathurin et Louis marchaient à côté du
cheval pour régler son pas, et se retour-
naient de temps en temps pour voir ce
que faisait le malade. Louis donna à son
compagnon de plus amples détails sur le
nombre des voleurs, sur leurs armes, sur
le lieu et l'heure de l'assassinat ; il n'oublia pas de mentionner la perte de son
tableau chéri. « Canaille ! disait le vieux
paysan ; si je me trouvais face à face avec
l'un d'eux... — Eh bien ! que feriez-vous ?
— Ce que je ferais ? Je lui brûlerais la

cervelle au moment où il me demanderait
la bourse ou la vie. — Croyez-moi, mon
bon père, il vaut mieux ne rien avoir à
démêler avec eux. — Je ne dis pas non ;
mais, comme j'ai parfois à traverser la
montagne pendant la nuit, j'aurai soin
de me munir d'une bonne paire de pis-
tolets. »

Tout en causant de la sorte, ils appro-
chaient peu à peu de la ville. Quand ils
furent sur le point d'arriver, Louis, après
avoir longtemps réfléchi à ce qu'il allait
dire, s'approcha de son frère, et lui
demanda d'une voix timide s'il éprou-
verait beaucoup de répugnance à entrer
dans un hôpital pour se faire soigner.
« Hélas ! ajouta-t-il, dans l'état de détresse auquel nous sommes réduits, nous
n'avons, comme tous les pauvres, d'autre
ressource et d'autre asile que l'hôpital.
C'est une nécessité à laquelle il faut se

résigner, bien qu'il en coûte à notre délicatesse. — Bah ! répondit Paul, cela te
fait de la peine ! sois tranquille ; je ne
crains pas d'aller à l'hôpital, moi. Pourvu
qu'on me soigne bien et que je sois
bientôt guéri, autant vaut un hôpital
qu'un palais ; je ne porte pas si loin la
délicatesse. » Paul, cette fois-ci, avait
raison. L'âme trop sensible de Louis avait
faibli devant le préjugé commun qui fait
de l'hôpital un épouvantail pour l'amour-
propre. L'hôpital, entre les mains de la
religion dont il est l'ouvrage, est pour
plusieurs la première école de la vertu,
et pour tous le séjour des soins intelligents et dévoués, sous les auspices de la
science et de la charité. Il n'est humiliant
que pour la ruine, fille de l'inconduite.

La voiture de Mathurin, après avoir
longtemps roulé sur le pavé plat d'une
longue rue, arriva sur une grande espla-

nade et s'arrêta devant un magnifique
palais, dont la façade très-élevée était
parcourue par quatre rangs de belles fenêtres correspondant à quatre étages et
annonçant une demeure très-aérée et très-
saine. Les mots *Hôtel-Dieu*, peints en gros
caractères sur la porte d'entrée, indi-
quaient la destination de ce superbe édi-
fice. Paul n'eut aucune répugnance à
s'installer dans un établissement qui paraissait si somptueux. Des formalités qu'il
fallait remplir le retinrent quelques instants à la porte; mais déjà les bonnes
sœurs qui desservaient l'hôpital étaient
accourues au-devant du malade, et par
leur air de bonté, par les informations
pleines d'intérêt qu'elles prirent sur son
compte, elles lui firent espérer qu'il serait
l'objet des attentions les plus maternelles
et les plus charitables. Cette pensée fit
briller sur ses joues pâles un rayon de joie,

qui n'échappa point aux regards intelligents des sœurs de la Charité, et qui leur parut de bon augure.

Bientôt le malade fut introduit dans une vaste salle, où deux cents lits, placés sur quatre rangs largement espacés, recevaient abondamment, par des soupiraux bien ménagés et par de larges fenêtres, l'air pur des champs voisins et la lumière du ciel. Les lits de chaque rang, quoique assez rapprochés, laissaient entre eux un intervalle pour la libre circulation des médecins, des sœurs et des infirmiers. La forme élégante de tous ces lits, leurs blanches couvertures uniformes, l'air de propreté qui régnait dans toute la salle, les nombreuses sœurs qui allaient et venaient sans cesse cachant sous leurs cornettes blanches des visages empreints de douceur et de modestie, tout charmait la vue et semblait fait pour éloigner la tris-

tesse, cette sombre compagne de la douleur. Le lit sur lequel Paul fut placé était
entre deux lits vides. Après un repos suffisant accordé au malade pour le remettre
de la fatigue de la route, un habile chirurgien vint le visiter, ôta l'appareil pro-
visoire que Louis avait mis sur la plaie,
examina soigneusement la poitrine, puis
déclara qu'il n'y avait rien de mortel, et
que dans quelques jours le jeune homme
pourrait reprendre ses travaux.

Quel ne fut pas le bonheur de Louis en
entendant cette décision de la science!
Le malade lui-même en ressentit une joie
non moins vive. Pauvre Louis ! jusque-là
il avait à peine osé respirer. Quand il sut
que la blessure de son frère n'était pas
dangereuse, il se sentit revivre, son
visage s'épanouit, et il se serait livré à
des transports de joie, s'il n'avait été
retenu par la réserve naturelle de son

caractère. Il remercia avec une vive
effusion et le chirurgien qui avait sondé
la plaie, et l'infirmier qui avait aidé au
pansement, et la sœur qui vint ensuite
apporter au malade une boisson adoucis-
sante avec d'aimables paroles d'encoura-
gement et de consolation. Ce ne fut que
lorsqu'il vit son frère bien tranquille dans
son lit qu'il songea à se retirer. Il lui
pressa tendrement la main, l'embrassa,
lui promit de venir bientôt le voir, et,
essuyant une larme, il lui dit adieu. Déjà
le père Mathurin les avait quittés pour
aller dans la ville vaquer à ses propres
affaires. Quand Louis eut chaleureuse-
ment recommandé son frère aux bonnes
religieuses chargées de la salle où celui-
ci se trouvait, il alla se mettre en quête
d'une maison d'orfèvrerie où il pût tra-
vailler pour vivre en attendant la guérison
de Paul.

CHAPITRE V

Trois jours s'étaient écoulés. Louis, qui avait trouvé du travail chez un des meilleurs orfèvres de la ville, profitait des heures de liberté que lui accordait son patron pour venir voir son frère, et le distraire de ses ennuis par d'agréables conversations. Dans l'après-midi du quatrième jour, il trouva près de lui sur le lit voisin un nouveeu venu qui paraissait souffrant et très-peu résigné à souffrir. Il

murmurait entre les dents de sourdes
malédictions, et laissait parfois éclater
son désespoir par de grands cris. Son
visage, autant qu'on pouvait le voir sous
un ample bonnet de laine enfoncé jusqu'aux yeux, avait quelque chose de
repoussant et de sinistre. Il regardait
rarement du côté de Paul, et semblait
même affecter de lui tourner le dos.
Louis s'approcha d'une des sœurs hospitalières qui circulaient dans la salle, et
lui demanda tout bas quel était ce malade qui avait si mauvaise mine. « Nous
ne connaissons, répondit la sœur, ni son
nom, ni sa profession, ni son pays. Mais
son état nous inspire de vives inquié-
tudes; car il a été atteint d'un coup de feu
qui lui a fait dans le côté une blessure
jugée mortelle par le médecin, et, le
malheureux ! il ne veut entendre parler
ni de confession, ni de prêtre, ni de reli-

gion. Il fut apporté hier par deux hon-
nêtes villageois des environs, qui l'a-
vaient rencontré couché dans son sang
sur le grand chemin. Nous le plaçâmes
près de votre frère, pensant que le voisinage d'un compagnon d'infortune atteint d'un mal semblable au sien lui
serait sans doute agréable ; mais il ne
voulut pas même le voir ; il se détourna
avec un air de colère, et se mit à hurler,
à maudire son sort, à vomir des blas-
phèmes qui nous faisaient horreur. La
nuit, le repos du lit, les potions calmantes
que nous lui avons fait boire par force
ont un peu diminué son agitation. Nous
allons profiter de ce calme pour le presser
de revenir à Dieu et de remplir son
devoir de chrétien. Toutes nos sœurs sont
en prière pour lui. Si vous avez quelque
compassion pour ce misérable, unissez
vos prières aux nôtres, et nous ferons une

sainte violence au Ciel pour obtenir sa conversion. »

Les longs discours avec les étrangers ne sont pas dans les habitudes des sœurs hospitalières. Celle-ci, après avoir, sans s'arrêter, donné ces explications à Louis, dont elle connaissait la piété, doubla le pas pour aller porter un remède à un autre malade qui l'attendait à l'extrémité de la salle. Louis, que l'heure du travail appelait à l'atelier, dit un mot d'adieu à son frère, et s'éloigna en jetant un regard de commisération sur le malheureux pécheur qu'on avait recommandé à ses prières ; tout en cheminant en silence dans la rue, il ne cessa d'implorer pour lui les miséricordes du Seigneur.

Le lendemain à la même heure, il revint au chevet de son cher malade. Mais quel ne fut pas son étonnement quand il vit Paul agité, troublé, hors de

lui-même, et demandant avec instance
d'être porté dans une autre salle. « C'est
lui, oui, c'est lui, te dis-je ! — Et qui
donc, mon ami ? — C'est lui.... ; c'est le
voleur, le bandit qui m'a assassiné ! »
Louis tourna les yeux vers le malade de
la veille, qui était étendu immobile dans
le lit voisin. « Regarde, lui dit son frère
en continuant de parler bien bas ; regarde
ce front, ces yeux, ce visage, ces lèvres,
toute cette tête. Oh! c'est bien lui.
Emporte-moi loin de cette bête féroce. »
Louis frissonna à son tour quand il se fut
assuré par ses propres yeux que son
frère ne se trompait pas. C'était bien là
ce même homme qu'il avait vu dans la
forêt et contre lequel il avait lutté en
vain ; cet assassin qui avait attenté à
leurs jours, qui les avait dépouillés, qui
avait fait couler leur sang. « Ote-moi
d'ici, répétait toujours Paul ; sinon

je me lève, je me jette sur lui, je... »
Louis comprit alors que son frère était
en proie à une pensée de vengeance. Mais
loin de la favoriser, se rappelant les
leçons de l'Évangile, il résolut de com-
battre ces mouvements d'une passion
trop violente pour être raisonnable, et
de procurer à son bien-aimé convalescent
une glorieuse victoire sur lui-même. Il
lui prend les mains, les presse affectueusement dans les siennes, l'embrasse et
lui dit d'un ton caressant : « Calme-toi,
mon ami, mon bien-aimé frère. Ces
mouvements, ces violences peuvent re-
tarder ta complète guérison. Oh ! je le
sais bien, on ne peut voir cet homme-là
de sang-froid ; je l'ai senti, je l'ai éprouvé
moi-même. Mais enfin que pouvons-nous
faire ? N'est-il pas déjà bien puni ? On
dirait que Dieu l'a conduit ici pour nous
faire voir que sa justice s'était chargée

de nous venger. Le voilà plus à plaindre
que toi. Il souffre, il est sans espoir, on
dit que sa blessure est mortelle. Nous
serions aussi barbares que lui si son état
ne nous inspirait pas quelque pitié.
— J'en conviens, répondit Paul; j'aurais tort de lui souhaiter plus de mal.
Mais je ne veux plus le voir; je veux
qu'on m'éloigne de lui. Sa présence m'ir-
rite et me met hors de moi-même.
— Hé! mon bon ami, quelle belle
occasion de montrer de la grandeur
d'âme! N'est-il pas glorieux de se vaincre
et de s'élever au-dessus des passions vulgaires? La religion nous ennoblit quand
elle nous ordonne de pardonner à nos
plus cruels ennemis. — Moi, pardonner
à ce misérable! Non, non, jamais! — Oh!
tu lui pardonneras à l'instant même, si
tu lèves les yeux vers cette image sus-
pendue à la muraille à côté de ton lit.

2*

Que vois-tu sur cette croix? N'est-ce pas
la victime du plus lâche des assassinats,
qui pardonne à ses bourreaux?... Allons,
mon bien-aimé frère, écoute la voix de
la religion qui parle au fond de ton cœur.
Ne sois pas plus sévère que le bon Dieu,
qui absoudrait ce grand coupable, s'il
consentait à se repentir.— Il ne se repen-
tira jamais. Des grimaces, tant que tu
voudras. Mais bien dupe qui s'y laisse
prendre! ce sera toujours un scélérat.
Cette nuit déjà il n'a pas mal joué son
rôle. Pour faire plaisir aux sœurs et se
débarrasser de leurs sermons, il a fait
semblant d'être touché, d'avoir le cœur
brisé de douleur; il a même demandé un
prêtre qui est venu le confesser et l'ad-
ministrer; mais tout cela n'est que pure
hypocrisie de sa part. »

Ces paroles de Paul firent réfléchir
Louis. Il se rappela ce que la sœur lui

avait dit la veille, les prières qui avaient
dû monter au Ciel pour demander la
grâce de ce pécheur, les saintes indus-
tries, les ingénieux efforts que le zèle sait
inspirer à ces pieuses filles pour triom-
pher des résistances les plus obstinées.
Il en conclut que le malade s'était effec-
tivement réconcilié avec Dieu. Il se
pencha donc vers son frère, désirant de
lui faire partager la même persuasion.
« Mon ami, lui dit-il, respectons ce qui
se passe dans la conscience de nos sem-
blables. La grâce de Dieu a bientôt amolli
les cœurs les plus durs. D'un larron elle
fit un saint sur la croix. Pourquoi ne
pourrait-elle pas faire le même miracle
sur le lit d'un hôpital? Je crois qu'il s'est
opéré un grand changement dans l'âme
de ce misérable. Vois, quel air de bonheur et de paix sur ce visage auparavant
bouleversé par la douleur et le désespoir!

Ce calme, cette sérénité, sont la marque
d'un cœur rentré en grâce avec son Dieu.

— Ah! Louis, que tu es heureux de pouvoir juger les hommes si favorablement!
Moi aussi je me sentirais enclin à pardonner même au plus cruel de mes ennemis, si je croyais à la sincérité de son
repentir. Mais... » Ici un mouvement du
malade attira l'attention des deux frères
et suspendit leur conversation. Il avait
entendu tout ce qu'ils disaient, malgré
leur précaution de parler à voix basse.
Il se tourna péniblement vers le lit de
Paul, se souleva un peu, et faisant un
effort pour parler : « Bons jeunes gens,
dit-il, ne vous tourmentez pas ainsi à
cause de moi...; je vous dispense du
pardon..., je vous permets de me haïr;
je mérite votre haine beaucoup plus
encore que vous ne pensez... Mais je ne
puis parler à voix haute. Je vous dirai le

reste, si vous vous approchez de moi. »
Ce peu de paroles avait épuisé ses forces;
sa tête retomba sur son chevet et y resta
immobile. Louis lui donna le temps de
se remettre avant de s'approcher de son
lit pour recevoir ses confidences. « Il est
juste que je sois à vos yeux un objet
d'horreur, reprit le malade quand Louis
eut penché sa tête près de la sienne;
c'est moi qui ai arrêté votre frère dans
la forêt; c'est moi qui vous ai dépouillés;
c'est moi qui vous ai laissé pour morts sur
le sentier. — Nous le savons, dit Louis.
— Écoutez encore : c'est moi qui vous ai
volé des billets de banque d'une valeur
de quarante mille francs; c'est moi qui
ai incendié votre maison. » Louis fit un
mouvement de surprise. Le malade continua : « Je m'étais établi depuis peu de
jours avec ma bande dans les cavernes
de la montagne, lorsque j'appris qu'une

transaction importante venait d'être con-
clue entre Mme votre mère et un mar-
chand de domaines. Déguisé en mendiant, je rôdai assez longtemps dans le
village pour apprendre les conditions de
la vente, le jour où l'argent serait compté,
l'emploi que vous deviez en faire. Quand
la somme convenue vous eut été payée
en billets, je guettai l'heure où je pourrais
m'introduire dans votre maison pour
enlever ces valeurs. Ma première pensée
était d'aller vous trouver pendant la nuit,
et alors... Mais vous fûtes conviés tous
les deux à une fête qui vous obligea de
vous absenter en même temps. Je fis mon
coup. Comme un crime entraîne presque
toujours un autre crime, je conçus l'horrible projet d'effacer les traces du vol par
l'incendie de votre maison. La maison
fut réduite en cendres. J'appris ensuite
que vous deviez vous rendre à la ville ;

mais j'ignorais que vous portiez une montre d'un grand prix avec quelques pièces d'or. Je ne songeais donc pas à vous arrêter; ce fut par hasard que je rencontrai votre frère sur mon chemin. Je voulus faire quelques pas avec lui pour voir à sa mise et à son langage si c'était un voyageur qui valût la peine d'être détroussé. Au moment où je l'accostais, la montre qu'il portait sur lui sonna les heures. C'était un renseignement suffisant. Je demande la bourse... Mais le jeune homme, comptant sur la vitesse de ses jambes, se met à fuir. Je m'élance après lui en déchargeant dans sa direction un pistolet qui le manqua. Je l'eus bientôt atteint, et j'allais le terrasser, quand vous vous jetâtes sur moi. Vous savez le reste. Je comprends l'horreur que ma vue vous inspire; je suis un scélérat, un monstre dont vous êtes les victimes innocentes. Vous auriez droit de me haïr; mais la religion vous donne d'autres sentiments. Vous êtes aussi généreux et aussi admirables que je fus infâme et inhumain. Priez le Dieu que j'ai si longtemps oublié, que j'ai irrité par mes forfaits, de me pardonner, comme vous me pardonnez vous-mêmes. »

Le malade se reposa quelques instants; Louis, plein d'émotions diverses, se taisait aussi et craignait de le fatiguer en prolongeant l'entretien. Mais le malade avait encore une chose à dire pour la décharge de sa conscience. « Dieu seul connaît l'horreur que me cause le souvenir de mes crimes. Si je regrette la vie, c'est parce qu'elle me serait nécessaire pour les expier et pour les réparer. Mais je sens que ma dernière heure approche, et la justice divine ne m'accorde

aucun sursis. Puissé-je ne pas être con-
damné à une expiation éternelle! Je l'espère par Jésus-Christ, qui a mis le repentir dans mon cœur. Je profite des derniers
moments qui me restent pour faire la
seule réparation qui soit en mon pouvoir : voici un objet qui vous appartient;
c'est la montre que j'enlevai à votre
frère. » En même temps il passa la main
sous son chevet, et présenta à Louis la
superbe montre que nous connaissons.
« Voici ma bourse : elle renferme dix
louis, qui restent des vingt-cinq que j'a-
vais pris sur vous; plus vingt-cinq francs
en argent; c'est le prix d'un tableau que
vous aviez sous le bras quand je vous vis
dans la forêt. — Un tableau! dit vivement Louis tout ému. Où est-il? qu'est-il
devenu? qu'en avez-vous fait? C'était le
portrait de ma mère. — Écoutez la fin de
mon récit, et vous saurez ce qu'est devenu

votre tableau. Deux jours après notre malheureuse rencontre, je vins à la ville pour tirer parti du butin que j'avais fait pendant la quinzaine précédente, et en particulier pour vendre le tableau en question, dont l'encadrement me paraissait avoir quelque valeur : funeste voyage, qui fera ma perte !... Non, ce sera mon salut. Je vendis le tableau vingt-cinq francs à une marchande de friperie dont la maison est à l'angle de la fontaine sur la grande place. C'est là que vous le trouverez encore, je l'espère. Quand toutes mes affaires furent terminées à la ville, je repris le chemin de nos cavernes, et je m'enfonçai dans la forêt. A peu de distance d'une vieille église je fis la rencontre d'un roulier qui retournait à son village, et qui, selon moi, devait porter de l'argent. Je le sommai de me livrer sa bourse ; mais ce fut un pistolet qu'il tira de la poche. Il le déchargea sur moi à bout portant..., et cette balle, qui est encore dans ma poitrine, m'a blessé mortellement. Vous savez tout ce que je puis vous dire; car le reste s'est passé pendant que j'étais sans connaissance. »

Louis répéta à son frère ce que le mourant venait de lui dire. « Demande-lui, cria Paul, ce que sont devenus les billets de banque. — Hélas! répondit le voleur, les billets sont restés entre les mains de mes compagnons, et je ne vous conseille pas d'aller les réclamer, si vous tenez à conserver vos jours. — Nous verrons cela plus tard, » murmura Paul en se tournant du côte de la muraille. Le malade ne l'entendit pas. Il sortit sa main crispée et défaillante et la tendit à Louis : « Bon jeune homme, si vous voulez adoucir les derniers moments d'un grand coupable, dites-lui que vous lui pardonnez, et pres-

sez cette main qu'il vous tend pour vous
demander grâce. » Louis n'hésita pas un
instant ; il prit cette main tant de fois ho-
micide, et dit au malheureux qui la lui pré-
sentait : « Oui, je vous pardonne, et je
prie le Seigneur de vous faire miséricorde.
— Oh ! soyez béni, incomparable jeune
homme ! Mais ce n'est point assez : obte-
nez de votre frère qu'il m'accorde la
même faveur. Je sais combien je lui suis
odieux ; je ne m'en plains pas, car je suis
son assassin, et je mérite toutes ses malédictions. Mais qu'il se laisse toucher par
votre exemple, par mes larmes, par mes
prières, par la vivacité de mon repentir. »
On voyait, en effet, de grosses larmes
couler sur ses joues. Paul avait entendu
toutes ces paroles, prononcées à dessein
d'une voix haute. Il balança quelque
temps entre les sentiments de la nature
et ceux que la religion inspire. Enfin la

grâce l'emporta. Il se tourna brusque-
ment vers le moribond, lui prit la main
et lui dit : « Moi aussi, je vous pardonne. »

Cette scène, sans témoin sur la terre,
dut réjouir le Ciel et attirer sur tous les
acteurs de précieuses bénédictions. Le
malade se recueillit dans un profond silence, et parut se livrer à des réflexions
qui faisaient renaître dans son âme l'espérance et la paix. Louis avait un air
angélique. Paul fut tout étonné du changement qui s'opéra en lui. Au lieu de
cette humeur noire, de cette sourde colère, de ces sentiments amers de vengeance qui l'avaient tourmenté jusque-là,
il sentit tout à coup son âme s'apaiser,
s'épanouir dans une douce joie, goûter
un calme et un repos inconnus, et se di-
later, pour ainsi dire, par la chaleur
intérieure et par les flammes de la cha-

rité. Il remercia affectueusement son
frère, dont il comprit seulement alors tout
le mérite et tout le dévouement. Il regarda son voisin avec un œil de compassion, pria pour lui, et demanda même
sa guérison à Dieu. Mais l'heure de cet
homme était venue, vers minuit il expira.
La balle, qui lui avait percé la poitrine
et qu'on n'avait pu extraire, s'était peu
à peu rapprochée des organes vitaux en
s'enfonçant par son propre poids, et au
moment où elle les toucha il rendit le
dernier soupir. Paul dormait alors d'un
doux sommeil qui hâtait les progrès de sa
convalescence. Il fut averti de la mort de
son voisin, lorsqu'en se réveillant il vit
deux des infirmiers enlever son corps pour
aller le déposer dans un appartement
éloigné attenant à l'église de l'hôpital,
espèce de salle d'attente où les morts
doivent séjourner jusqu'au moment légal

des funérailles. Paul, en voyant que la mort avait frappé si près de lui, ne put se défendre d'un certain saisissement mêlé de terreur et de tristesse. Il adora les jugements de Dieu, dont la justice et la miséricorde venaient de se montrer d'une manière si éclatante; puis il pria pour l'homme qui avait été son assassin, attendant avec impatience qu'une nouvelle visite de Louis vînt le tirer de ses réflexions et donner une couleur plus riante à ses pensées, que le voisinage du trépas avait assombries.

CHAPITRE VI

LA VIERGE DE RAPHAEL

Tout préoccupé de ce que le moribond lui avait dit, Louis s'était hâté, la veille, en sortant de l'hôpital, d'aller à la maison de l'angle près de la fontaine, sur la grande place, pour racheter le tableau que le voleur avait vendu. Mais déjà il avait été enlevé. L'acquéreur était M. Rives, peintre distingué de la ville, grand amateur de toiles antiques, qui était toujours aux aguets pour découvrir

ce que les encans, les ventes de mobiliers,
l'établissement de nouveaux marchands
sur la place, pouvaient lui procurer de
plus curieux en ce genre. Il ne trouva
d'abord rien de remarquable dans ce
portrait de femme, excepté le cadre dont
il était orné. Cependant, en le regardant
de plus près, quand il l'eut chez lui, il
fut étonné d'y apercevoir un mélange
bizarre de différents tons, les traits les
plus délicats à côté des plus communs, les
teintes les plus fines contrastant avec les
couleurs les plus grossières. Les yeux
avaient une douceur et une expression
qu'on trouve rarement même dans les
peintures les plus parfaites; mais la
bouche semblait avoir reçu un coup de
pinceau disgracieux qui en avait effacé le
sourire. Sous des cheveux d'un moelleux
et d'une finesse où l'art avait presque
égalé la nature, on voyait descendre sur

le cou des pendants d'oreilles d'un jaune
d'ocre sans éclat et sans reflet. Le front,
dont le contour était encore plein de
grâce, aurait eu de la majesté et de la
noblesse, s'il n'eût été surmonté d'une
coiffure très-ample et très-peu élégante
qui le cachait à moitié sous sa dentelle de
céruse jaune.

M. Rive voulut éclaircir un soupçon
que faisait naître dans son esprit cette
association étrange du savoir et de l'i-
neptie, du beau et du laid, des formes
les plus exquises et des touches les plus
maladroites. Il appela un de ses élèves,
et lui recommanda de laver cette toile
avec le plus grand soin. Georges (c'était
le nom de son plus jeune élève) se hâta
de séparer la toile du cadre, qu'il suspendit à la muraille; puis il versa de
l'*eau seconde* dans un vase d'étain, et, y
plongeant une éponge fine, se mit à frot-

ter légèrement la peinture en commen-
çant toutefois par les bords, afin de moins
endommager le tableau si par hasard les
couleurs n'étaient pas assez fortes pour
résister au lavage. A mesure que l'éponge
se promenait sur la peinture, la couche
noire formée par la fumée et par la pous-
sière disparaissait comme par enchante-
ment, et laissait voir les belles et vives
couleurs d'une riche draperie. L'éponge
pressée par Georges dans une cuvette ne
rendit d'abord qu'une eau noire et sale ;
mais, quand elle eut passé sur le visage
de la dame représentée dans ce portrait,
le jeune homme s'arrêta tout à coup
interdit en voyant la couleur jaune ou
roussâtre de l'eau qui ruisselait entre ses
doigts. Il ne doute pas que la peinture
n'ait été endommagée par le frottement.
Il appelle le maître. M. Rives accourt ; il
regarde attentivement les effets du lavage.

Il remarque que la boucle d'oreille du
côté droit a entièrement disparu. « Évi-
demment, dit-il, cette peinture a été
retouchée ; car à la place du pendant
d'oreille enlevé, je ne vois ni la toile ni
un fond de couleur terne, mais un incarnat
parfaitement naturel. Un peintre de village aura superposé le pendant d'oreille
sur le cou, en se servant d'ocre détrempée
dans de l'eau de gomme. Quelle idée! de
la gouache sur une peinture à l'huile! »

M. Rives prit lui-même l'éponge et
continua l'opération avec un soin extrême,
avec une légèreté de frottement qui sup-
posait la main la plus exercée. On voyait
qu'il mettait à ce travail tout l'intérêt
d'un artiste, et qu'une grande pensée,
un grand espoir, soutenaient sa patience.
Son visage se colorait, son œil s'animait,
son cœur battait, quand un nouveau coup
d'éponge venait à effacer quelque trait

posthume ajouté à l'image primitive. Peu
à peu le sourire le plus pur fut rendu aux
lèvres auparavant tendues avec séche-
resse. Les rides du visage disparurent.
Quelques taches rousses qui avaient été
semées sur la joue furent enlevées, et le
teint reprit toute sa fraîcheur. Mais le
changement le plus remarquable fut celui
qui se fit dans la coiffure. Tous ces canons
de dentelles, tout cet échafaudage de
rubans et de tulle, se fondirent sans laisser
de trace ; et un voile blanc entouré d'une
auréole lumineuse parut seul sur un front
plein de grâce, de majesté et de douceur.
On avait devant les yeux un tableau de
la sainte Vierge.

Il n'est pas possible de dire quelle fut
la joie du peintre quand il se vit en présence d'un chef-d'œuvre. Il le contempla
longtemps dans une espèce d'extase ; il le
regardait de près, de loin, au grand jour,

dans un demi-jour; il l'inclinait, le rele-
vait, variait le point de vue. Quand il crut
avoir rassasié ses regards, il replaça la
toile dans le cadre, et suspendit le tableau
dans l'endroit le plus apparent de son
atelier. Mais alors ses yeux ne pouvaient
plus s'en détacher. Placée dans un jour et
à une hauteur convenables, l'image au—
guste de Marie, relevée d'ailleurs par la
beauté de l'encadrement, produisait un
effet incomparable. Il y avait tant de
grandeur unie à tant de bonté, tant de
majesté et tant de douceur; ce regard,
qui vous suivait partout, avait tant de
grâce et de suavité, qu'on aurait dit une
céleste apparition, la Vierge elle-même
venant nous révéler de saints mystères.

Il fallut bien pourtant que M. Rives se
décidât à sortir de sa contemplation,
quand ses élèves, qui s'étaient réunis autour de lui pour voir le merveilleux

tableau, lui demandèrent à quel pinceau il croyait qu'on dût en faire honneur, de quel main était ce chef-d'œuvre. « Eh! ne voyez-vous pas, répondit-il avec vivacité, que c'est là une Vierge de Raphaël? Peut-on en douter un instant, quand on connaît sa touche, son faire, le caractère de ses œuvres? Voyez ces draperies, cette carnation, cette anatomie, cette correction de dessin, cette perfection de coloris : tout porte le cachet de son génie. D'ailleurs, ajouta-t-il en tournant le tableau, regardez ce coup de plume, ces trois lettres et ce parafe; c'est la signature de Raphaël telle que je l'ai vue maintes fois à Rome. »

Au nom de Raphaël, tous ces disciples de l'art s'inclinèrent avec respect. Pleins de confiance dans l'érudition artistique de leur maître, ils ne doutaient pas de la vérité de ses paroles. Ils se sentaient d'ailleurs convaincus qu'il disait vrai, toutes les fois qu'ils arrêtaient leurs yeux sur le tableau, d'où sortaient comme des rayons qui attestaient l'ouvrage d'un grand peintre.

Pendant toutes ces scènes d'admiration et d'enthousiasme, on était venu dire à M. Rives qu'un étranger demandait à lui parler. Il avait fait signe qu'on pouvait l'introduire, et bientôt un jeune homme entra dans l'atelier : c'était Louis Fizi. « Monsieur, dit-il après les premiers compliments, je venais vous demander s'il vous serait possible de me remettre, moyennant le remboursement de la somme qu'il vous a coûté, un tableau de médiocre grandeur que vous avez acheté ce matin chez une marchande de friperies, à l'angle de la fontaine, sur la grande place. Le tableau m'appartient, et il est très-précieux pour moi, puisque c'est le portrait de ma mère. Un voleur me l'a enlevé dans la forêt voisine. »

Un avare à qui l'on viendrait annoncer qu'il faut vider son coffre-fort ne serait pas plus déconcerté que ne le fut M. Rives quand il entendit la demande qui lui était faite par cet importun visiteur. Il resta comme cloué sur place, immobile et muet, ne sachant pas si on lui parlait sérieusement, ou s'il avait affaire à quelque mauvais plaisant qui voulait rire de son embarras. « Vous dites, Monsieur..., vous êtes..., balbutia-t-il quand il essaya de parler ; vous venez me demander ?... » Louis réitéra sa demande et donna des explications si claires, si bien circonstanciées qu'il fut impossible de ne pas reconnaître qu'il était le vrai propriétaire du tableau. D'ailleurs il suffisait de regarder un instant les traits de son visage pour y remarquer une grande ressemblance avec

le portrait trouvé chez la marchande du
coin de la fontaine. M. Rives ne pouvait
donc pas contester la justice de sa récla-
mation. Du reste, si M. Rives comme
artiste tenait beaucoup à conserver un
tableau de Raphaël, il tenait encore plus,
comme honnête homme, à ne pas s'ap-
proprier le bien d'autrui. Il comprenait
aussi que ce tableau, après sa métamorphose, ne pouvait rester convenablement
ni entre ses mains ni chez son ancien
maître, mais que sa place naturelle était
dans un des musées de l'État; que dès lors
ce n'était plus qu'une question d'argent à
laquelle sa position de fortune lui permettait d'être peu sensible; qu'au surplus
il lui resterait toujours l'honneur d'avoir
fait une si extraordinaire découverte, et
d'avoir rendu au public, par une restau-
ration intelligente, un si admirable chef-
d'œuvre.

Toutes ces pensées passèrent dans son esprit avec la rapidité de l'éclair. Il prit un air plus traitable et dit à Louis, quand il eut entendu toutes ses explications : «Eh bien ! Monsieur, je suis tout disposé à vous remettre ce tableau si vous le trouvez chez moi. Regardez de tous côtés ; tous mes tableaux sont exposés dans mon atelier. » Louis se mit à examiner les diverses peintures appendues aux murailles, et quand il fut devant la Vierge, il s'arrêta frappé d'admiration. Puis ayant remarqué le cadre : « Je crois, dit-il, que c'est là le cadre du portrait que je cherche; mais il paraît que vous en avez ôté la toile pour y mettre cette Vierge : oh ! quelle admirable figure! — Il n'y a rien de changé, Monsieur ; c'est le même cadre, la même toile, le même tableau. — Comment! mais ce n'est pas possible. — Ce n'est pas possible! mais c'est l'exacte

vérité. » M. Rives raconta ensuite à
Louis tout ce qui s'était passé, et le pria
de lui dire comment un si précieux tableau
était entré dans sa maison, et par quelle
circonstance on avait pu transformer
en peinture bourgeoise une figure céleste et le chef-d'œuvre d'un pinceau
immortel.

Louis répondit que, sa famille étant
d'origine italienne, la présence chez elle
de ce tableau n'était pas une chose inex-
plicable, vu surtout que ses ancêtres
étaient comptés parmi les plus riches et
les plus nobles habitants de Rome; que
son aïeul, ayant été obligé par un revers
de fortune de venir s'établir en France,
avait sans doute apporté ce tableau avec
lui; que cet aïeul était mort presque en
arrivant, et que ses héritiers n'avaient
pas su apprécier le mérite d'une pareille
pareille toile; que lui-même il se souve-

nait d'avoir vu autrefois ce tableau dans
les galetas de sa maison, et qu'il était
alors si poudreux, si enfumé, si noir
qu'on pouvait à peine y distinguer un
visage de femme; que feu son père,
ayant été sollicité par un méchant peintre
ambulant de faire tirer le portrait de sa
femme, lui avait livré ce tableau, pensant que la toile seule et le cadre pourraient être de quelque usage; mais que
le peintre, apparemment, ayant trouvé
de la ressemblance entre les traits de la
Vierge et ceux de Mme Fizi, qui était une
personne fort belle, avait tiré parti de
l'ancienne peinture elle-même, et s'était
contenté de la retoucher, en la modifiant
un peu, pour en faire un portrait très-
ressemblant. « Je ne me consolerais pas,
ajouta-t-il, de la perte de ce portrait (car
il est réellement perdu pour moi) si je
ne voyais à sa place l'image de la Reine

des anges, qui est notre mère à tous. Dieu
l'a permis ainsi, afin que toutes mes
pensées se portent désormais vers le ciel.

— Dites aussi, interrompit M. Rives, que
Dieu a voulu récompenser votre piété
filiale, en remplaçant un objet qui avait
peu de valeur en dehors de vos affections,
par un trésor d'un prix inestimable qui
est tout une fortune. Car, sachez-le bien,
mon ami, vous n'avez qu'une seule
chose à faire maintenant, c'est d'envoyer
ce tableau à la capitale pour l'offrir au
gouvernement, qui vous donnera des
sacs d'or en échange, non pour le payer,
car ces chefs-d'œuvre ne se paient point,
mais à titre de gratification et de récom-
pense. Cent mille francs seraient une
somme modique pour l'acquisition d'un
Raphaël! »

Louis, que l'appât de l'or ne tenta jamais, fit quelques objections que lui ins-

piraient son excessive délicatesse et son attachement à un souvenir de famille. Mais comme sa position et celle de son frère n'avaient alors rien de bien brillant, et que d'ailleurs une copie de ce tableau, faite par une main habile , pouvait à la rigueur remplacer pour lui l'original, il se rendit bientôt aux raisons de M. Rives : le tableau fut porté à Paris par un homme de confiance, avec une lettre au ministre dans laquelle M. Rives racontait toutes les circonstances de la découverte, et offrait, au nom des deux frères Fizi, d'a-bandonner au gouvernement la propriété du chef-d'œuvre de Raphaël.

CHAPITRE VII

L'EX-VOTO

En sortant de chez M. Rives, Louis aurait bien voulu courir auprès de son frère
pour lui porter sans retard la bonne nouvelle qu'il avait à lui annoncer. Mais il
était nuit close, les malades de l'hôpital
ne recevaient plus de visite ; il fallut
donc ajourner ce bonheur au lendemain.
Le sommeil de Louis fut léger et entre-
coupé de bien des moments d'insomnie.
Ce n'est pas sans émotion que l'homme

le plus détaché des choses d'ici-bas aper-
çoit le premier sourire de la fortune après
de longs jours passés dans l'adversité. »
Quels rêves bizarres! disait le jeune
homme en se réveillant en sursaut.
Depuis longtemps je n'avais pas eu de
nuit si mauvaise. Eh! que m'importent
tous ces trésors, toutes ces tours d'argent, tous ces lambris dorés? »

Dès qu'il fit jour, il se hâta de s'ha-
biller, et, après avoir dégrossi quelques
pièces de bijouterie chez son patron,
pour attendre l'heure où s'ouvraient les
portes des salles à l'hôpital, il se mit en
route pour aller voir son frère. Pauvre
Paul! comme il sera content! Quelle
bonne nouvelle! la joie qu'il va éprouver
achèvera de le guérir. En s'occupant de
ces agréables pensées, Louis arrivait à
l'Hôtel-Dieu, et se faisait introduire par
le concierge dans la salle où il croyait

trouver son cher convalescent encore
endormi. Sa surprise fut grande quand
il le vit venant à lui d'un pas assuré, quoique avec un visage encore pâle et défait.
« Tu tardais trop, dit Paul, j'ai une nouvelle à t'annoncer ; comme tu ne venais
pas, j'allais te la porter moi-même.
— Une nouvelle ! mais c'est moi qui
venais t'apporter une nouvelle, une
bonne nouvelle. — Nous retrouverons
peut-être nos quarante mille francs ! —
Nous sommes sur le point d'en gagner
quatre-vingt à cent mille ! »

Louis fit alors l'histoire du tableau et
des riches espérances qu'il avait données
par sa métamorphose. Paul n'écoutait
d'abord qu'avec nonchalance ; il était
plus impatient de faire lui-même son
récit que curieux d'entendre celui de son
frère. Mais quand il vit tout ce qu'il y
avait de fondé et de sérieux dans la pro-

messe des quatre-vingt mille francs, son
attitude changea avec ses dispositions ; il
se souleva, s'appuya sur son coude, et,
les yeux fixés sur le narrateur, lui fit
répéter deux fois ce qu'avait dit M. Rives
du mérite du tableau et des probabilités
d'une vente à des conditions très-avanta-
geuses. Il oublia si bien ce qu'il avait à
dire lui-même que, lorsqu'il eut tout
entendu, tout compris, il fallut que Louis
lui demandât sur quoi il fondait son
espoir de recouvrer les quarante mille
francs perdus.

« Ah ! c'est encore un bonheur in-
croyable, répondit-il. Figure-toi que ce
matin même, à la pointe du jour, j'ai eu
la visite d'un brigadier de gendarmerie
qui venait me demander des renseigne-
ments sur le vol dont nous avons été les
victimes. Notre homme, celui qui était
là, a été trahi par les papiers qu'on a

trouvés dans ses habits et par d'autres indices qui l'ont fait reconnaître pour le chef des voleurs qui infestent depuis quelque temps la contrée. On va faire la visite la plus minutieuse de tous les coins et recoins de la forêt et de tous les trous de la montagne. La justice a mis sur pied un régiment de gendarmes. J'ai dit au brigadier tout ce que je savais ; il a pris des notes ; je crois qu'ils ne tarderont pas à se mettre en campagne.

— Les voleurs seront peut-être arrêtés ; mais je ne compte pas beaucoup sur le retour de notre cassette. — Pourquoi non ? un bonheur ne vient pas sans l'autre, comme on le dit de la misère. J'espère tout, depuis que je vois que la roue de la fortune a tourné. — Cher ami, élevons nos pensées plus haut, et ne parlons plus de la fortune. Il ne faut voir en tout ceci que la main de la Providence.

3*

Dieu nous a éprouvés, maintenant il nous console. Peut-être voudra-t-il tout à fait nous relever et nous faire même monter plus haut que nous n'étions avant notre chute. C'est sur sa bonté seule que nous devons fonder notre espérance. — Tu es toujours plus sage que moi, cher Louis; c'est par toi seulement que les bonnes pensées me viennent. Eh bien! oui, je dis comme toi : tout notre bonheur est entre les mains de notre Père qui est dans les cieux. — Puisque tu es si bien disposé, mon bon frère, veux-tu que nous fassions ici un arrangement qui sera tout à ton avantage? Convenons que si l'argent nous vient des deux côtés à la fois, par le tableau et par la cassette, je disposerai des quarante mille francs de la cassette, et toi des quatre-vingt mille du tableau.

— Je le veux bien, et je m'engage à ne suivre que tes conseils dans l'emploi de

ma fortune. — Je te dirai tout de suite
à quoi je destine une partie de la
mienne : je veux faire restaurer Notre-
Dame-de-Bonne-Voie. C'est dans cet oratoire que nous avons trouvé un asile ;
c'est aux pieds de Marie que tu goûtas ce
doux sommeil qui fut comme un baume
sur ta blessure ; c'est devant son autel
que je priai pour toi, et que je sentis descendre dans mon cœur une vive confiance
qui était comme le gage de ta guérison.
C'est elle qui t'a guéri, n'en doutons pas.
C'est elle enfin qui a voulu que son
image se révélât tout à coup au milieu de
notre détresse, et qu'elle fût pour nous la
source d'une existence honnête et peut-
être même de l'opulence. — Tu as mille
fois raison, mon cher Louis; je souscris
volontiers à l'usage que tu veux faire de
ton argent; ou plutôt nous ferons tous
les deux cette bonne œuvre; et nous

ne séparerons pas nos intérêts. Seulement, pour continuer la fiction du par-
tage que tu as proposé, tu me laisseras
diriger l'emploi de nos fonds pour hâter
le rétablissement de nos affaires, et toi,
dont la piété aime des soins moins pro-
fanes, tu t'occuperas des réparations à
faire à la chapelle de Notre-Dame... Mais
dis-moi, mon frère, n'est-ce point un
château en Espagne que nous venons
de bâtir? » Louis sourit et se contenta de
dire : « J'espère que non. »

Après le repas du matin, la sœur dit
au convalescent qu'il pouvait suivre son
frère en ville. Ce fut encore une agréable
nouvelle. On vit bientôt les deux frères
se promener à pas lents sur les boulevards.
On les regardait avec intérêt; car ils
étaient connus, et leur histoire avait fait
du bruit dans la ville. Paul continua ses
promenades de l'après-midi avec son

frère jusqu'à sa complète guérison. Ce ne
fut pas sans attendrissement qu'il fit ses
adieux aux bonnes religieuses qui lui
avaient prodigué leurs soins. « Je n'aurais jamais cru, disait-il, qu'on pût tant
regretter l'hôpital. » Louis ne fut pas
moins expressif, comme on le pense bien,
dans les témoignages de sa reconnaissance.

Cependant la gendarmerie n'avait pas
été aussi empressée que Paul l'avait cru
à se mettre à la poursuite des brigands.
Ce ne fut que plusieurs jours après qu'elle
commença ses battues dans les bois. Dans
l'intervalle de bonnes nouvelles arrivèrent
de Paris. Elle désappointèrent un peu
l'amour-propre de M. Rives, qui vit son
érudition d'artiste légèrement compro-
mise. Les experts employés par le gouvernement pour vérifier l'authenticité du
Raphaël déclarèrent que cette peinture,

quelque magnifique qu'elle fût, n'était
pas le pur ouvrage du grand peintre;
que c'était une étude donnée par lui à
Jules Romain son élève, exécutée en
partie par celui-ci, mais retouchée et
finie par Raphaël lui-même; que sa valeur comme objet d'art n'en était pas
diminuée de beaucoup, puisque Jules
Romain était un des grands peintres de
l'école italienne, et que d'ailleurs la main
de Raphaël y avait mis le sceau de son
génie. D'après ce rapport, le ministre
achetait le tableau au prix de quatre-
vingt mille francs.

Le jour même où les deux frères Fizi
recevaient les pièces qui leur assuraient
cette somme, le chef de la gendarmerie
vint leur remettre la cassette trouvée
dans la caverne des voleurs, et qui renfermait encore les billets qu'ils avaient
si longtemps crus perdus. Toutes leurs

espérances étaient donc réalisées, et ils
exécutèrent en conséquence tous leurs
projets. Paul racheta ses biens paternels,
y ajouta de grandes et belles terres, fit
rebâtir la maison incendiée, et répandit
dans le sein des pauvres d'abondantes
aumônes. On lui disait parfois : « Eh!
votre frère avait-il tort de préférer à tout
le reste le portrait de sa mère? » Il ré-
pondait sur le même ton : « Dites aussi
que ma montre m'a parfois sonné de
mauvais quarts d'heure. »

Le bon Mathurin, qui fut plus tard
visité par l'infortune, trouva dans la
maison Fizi une hospitalité bien méritée,
et y passa le reste de ses jours. M. Rives
devint un des amis les plus assidus des
deux frères, qui lui devaient leur pros-
périté inattendue.

Cependant Louis n'avait pas tardé de
mettre la main à l'œuvre pour accom-

plir son vœu. Il rassembla les meilleurs
ouvriers de la contrée, qui restaurèrent
à neuf le sanctuaire de Bonne-Voie. Le
tableau de Raphaël fut copié par un
habile peintre de la capitale, et l'image
auguste de la Vierge fut solennellement
inaugurée dans l'église agrandie et em-
bellie. Le jour où elle fut placée sur l'autel, le prêtre qui présidait la cérémonie
raconta dans un pieux discours toute
cette histoire, et termina par ces mots
tirés du Décalogue :

Vous honorerez votre père et votre mère.

FIN

TABLE

—

4741. — Tours, impr. Mame.

www.ingramcontent.com/pod-product-compliance
Lightning Source LLC
Chambersburg PA
CBHW071116260626
47162CB00006B/2343